星の叙事詩の世代

杉浦浩次

今日の話題社

星の叙事詩の世代

この地球。寂冬なる今。ここの中。
皆が理知へと過ぎぬ世を
皆が御玉の太古へと。
この現世。一切は不実とも
なお。未来。遠く遥かの空の下・・・・
その希みへの歌だけを吟唱したくて

高天原。蒼古なる人の殉教のその終生こそは
常に地球引力圏を司どる大宇宙。聖書の神の支配から
如何にして私達は自由と成るかについての巡礼で在ったと思う。
考えても観るならば、本当に人は皆。
たった一瞬の一期一会のために皆。三千億光年もの、
お互いの果てない別離を経験しなければならないのではなかったか。
ああ。人格的整合性のもとに内心を抑圧し合う事よりも
皆。気の流れのままの発揚をこそ、重んじ合う世の真の地球へ。
もちろん、人は愛したのでは無く、ただ無性に恋ふて
恋ふて恋ひして来ただけ。そして、その恋を失うたびに人と人とは
嘆き憎しみ争い合った。愛へはついに、こちらからは
働きかける事も出来ずして、ただ自分の意見がゼロと成る時にのみ、

明日香

ほのかにも世界意志より愛は自分の中へと訪れる予感としてしか
察知もし得ない。故にこそ、人は愛を求めて、
ただいつも何かを常に恋ふばかり。それでもになお僕もまた。
いつまでも、恋に恋ひしてやまないのだろう。
ああ。故郷喪失時代の密室の中。純粋培養に成る首都郊外。
そこに存する絶望の原風景を承知しつつも、なお。
稀代なる伝奇ＳＦとも云い得ようＡＺの革命シリーズ全巻こそは
人に普遍の切迫した希求。その一切の全地球的なまでに
痛々しくも、ヒリヒリと、擾乱しては
込み上げて来る何かの予兆ですら在るではないか

動機としてのノスタルジイ。
その太古への記憶ゆえ、その復元を求めての
地球最期の日へと捧げる朗読の内。
世に行きずり合う私達。お互いの一切が皆。
心の中では相互に互いを黙殺し合う時代と成っても
それでも、そんな世にも抗おうとして
世にも拙ない少年少女の触手と触手の触れ合いに。
そして、それが世に挫折して、
世の永劫に無間なる別離へと消え去ってしまっては、
ついに星に永遠の少年と少女とは出逢う事の無い時代の悲惨に。

天平

さりとても、その洪水へと自衛のための戦争を論議するのでも無く、
ただ永劫なる尊厳を持って、
死の谷へと降りてゆく、その真に民族的黄金に
黎明。遥か真に懐かしき無限への
遠き椰子の実の出帆を。
一切がリスクを口実とする世に在って、
全てが今後。消散してゆく星だからこそ、
なおも、その中。富士本宮五輪大会への旗こそは
教養なくも正直だった私達。平凡なる民草の
しかし、その永遠なまでに誇りある尊き心で在ればこそ

恒

星の下界。
不安のみ鮮明たる時。
もう何年目の春だろう。
病院への道すがら。坂道の桜の花。満開に
この季節。天へと帰ったインコとの静かな日から。
今と成っては余りにも切なくて
いまや、その一切が、いとおしい。

この蒼穹へと哭けばこそ
生命の幼なさこそは
清くして、今。名こそは無くとも美しく

上古の朴直。挫ける時の現下の悲涙は
皆。抱擁として寄り添ひ合うべき星の巡りに
一切の統一的表記原理のゼロたる事へと
真の日本を観ればこそ

荒玉

無思慮な青春。その悔恨に
地球深層の傷。追う過程で識る始原への介入と共に
聖書のもたらす原始未開精神の悲歌たる事や

穏やかで静かにもマドカにして何も無く
何の心配事も無かった頃の幼年時代を振り返るたび、まるで。
今。ここの白昼の空華に浮かぶ、あのダリの
内乱の予感のような、この現代の
私達という構造は何なのかと、心の中は暗転してゆく。
今。思うなら、例えば、この地球。聖書的世界の時代とは
その共同体にして、律法統治を主体とするに、
その反動としての地球近代公共性の人間の自治では在ったか。
ハンナ・アーレントは、その辺についての素朴な理論だ。
しかし、ここで、古代日本は地球で在ったか。

火

むしろ、古代日本は神代直統の国として、地球を先行したる月にして、
また。地球の次なる木星への布石では無かったか。
当然。古代日本には聖書的共同体とは全く別のもうひとつ。遡のぼる事の
共同体がそこに広がり、それはまた。人と人との佇まいとして
現行の地球近代よりも更に深層の自治を可能としていた。
しかるに日本近代は、いつか。それまでの古代への簒奪として、
やがて、地球の聖書を自己の上部へ君臨させた。
今。考えるなら・・・・
ああ。今。考えるなら・・・・

太古。深淵と共に在った原初の言葉へ

富士上九・国連大学構想への御神楽基盤に
国の法源。日本皇居への金融主体。財源としての体現を。かつ、
ただ、おのずから在る事への天然としての
職場も恋人も全て。完全相互無償交歓に拝受し合える歌垣へと向けた
全国のキャンパス文化。および、そこへの全国奉納様式の新建立。
その新世紀。新日本の美意識にて、文明の哀しみにさえ、
都会の廃墟をイノチの証かし。ラヴ・バードとの優しい夜は
太古。星々のしからしむるまま。生死一如の永遠へ。

WWW

やがて、全兵器解除と全救援準備の地球純粋皇軍のもと。
開顕なすべき斎王姫宗による日本神代復興革命も
今宵。世の政争を克服する時。いつか、
皇居と民度は祭政一致テオクラシーの隆昌へ

遠き古代への惜春の中。
いつか。獄へと引き裂かるとも、なお。
遥かなる常世のもとに
私達。一人一人のおのずから。
自己の星への全うを志ざす魂へと開くなら
全世界平和への富士の曙光の祈りへと、万民が皆。
あまねくに、そこへと叶う事も出来るという、
日本の大和心の精神性。持ちて、今。
自由なす金剛界と社会なす胎蔵界との両立を、皆。神智学のもと。
国の一切の動員制への一律をこそ解消へ、核抑止論の次。
武け産すの合気の世へと星の叡智は示現せり。

日地月

やがて、永代の真に非同盟中立非武装なるの重外交にて
永遠の少年と少女との国。日本の童心をこそ、
千鳥ヶ淵の国立神殿。在りて在り
その日。諦めれば欣求あり。喜捨すれば
努力も成せる毎日へ

星の叙事詩の世代

贈答歌

この私が実業界での仕事において努めてきた事は、この世にいかにしたなら
その男と女とが、むつらぎ合えるかという智慧ではなく、いかにしたなら
この世の全ての男と女を、この私達の父とも云える資本のもとへと
指図できるかという知性でした。
そう。私は、ヒビキ君の事を騙してきたのです。けれど、あの日。
私は、首相官邸への造反計画に参加をする中。すぐさまに
この国の刑獄のもとへと連行をされた時。しかし、その独房の中。
私は確かに事実として、資本の肖像などではもはやなく、あの男の子。
そう。私よりも、ずっと年上であるのに、この私の事を心の母だなんて慕って、
いつも、この私に寄り添っていたヒビキ君の、その寂しげな顔だけが

http

浮かんできたのです。
そう。今。ヒビキ君が、この私の運命の事を心配して、この世に深く
泣いてくれている。その事だけを感じたのです。
私としては、こんな監禁状態。何でも無い事ではありました。
けれど、ヒビキ君だけが、今。一人、我れを失って、慌てふためいてしまって、
この私のために、今。この世界のあらゆるものから、そのみずからの
迷いを振り切って、この世に、一人。闘おうとしている。
そんなヒビキ君を、この私達のような、この世の極道者の世界には、確かに
もうこれ以上。洗脳し続けたくはない。ヒビキ君には、いつまでも、
今。生まれたばかりの赤ん坊が、そのまま。この世に何ひとつ、汚れる事なく
大きくなったような、そんな男の子でいて欲しい。
そんな願いが、この私の心の奥底から、改めてふつふつと溢れてきて、
昼も夜も解らない、この時間の消えた小さな密室の中。
私は、ただ。その事だけを思ったのです

そんな時。私は、もうこれ以上。ヒビキ君の目の前に、実業界の嘘をつき続けて
現われる事は出来なくなってしまったのです。ただ、今の私に出来る事と
いったなら、それは、ヒビキ君にとってのその美しい思い出の中のまま。
ヒビキ君の心の内に永遠に住み続ける、その心の母の面影として
この私の現実の汚れた肉身を捨てる事しか無かったのです。
ヒビキ君。私は今。ヒビキ君の目の前から、現実の肉の女としては
永遠に姿を消します。ただ、ヒビキ君が、その心の中の母を慕い続ける事で
いつまでも、この星の永遠なる童子として、そのみずからの金剛の純真を
この世にずっと。守り続けていて欲しい。
今は、その事だけを祈っています。
ああ。ヒビキ君。私達、二人。きっとまた、来生も出逢えるわね。
その時は、私は今度こそ本当に、ヒビキ君のその心の母として、ヒビキ君の魂を
その思いのままに実現させてあげる事の出来るような、ヒビキ君にとっての

@

その本当の秘密の天女たるに相応しい女である事が出来るよう、
心の底から念じます。
今。私は、ヒビキ君とその事だけは約束します。
ヒビキ君。私達、二人。いつまでも、希望を持ち続けましょうね。
古事記の歌にも、こうあるでしょう。

赤玉は緒さへ光れど白玉の君が装ひし貴くありけり

ああ。このお手紙は、いつか本当に、ヒビキ君のために、そのみずからの人生を
全うする事の出来る女として、もう一度。いつか、この世に
生まれ変わる事の出来るよう願っている、ヒビキ君の心の中の綾香より
ヒビキ君への、そのたまふる万葉の一葉として・・・・

何億年か先とても、全ては
天の栄光へと向かっていると予感している。
一切は、そのための産みの苦しみでこそ在るのなら、
もう現世へと何の恨みツラミも持つ必要は無い。
しかも、真の自分は今の自分の所有にすら非らずとする時。
もう今の自分の不全感には何ひとつとして
実質たる物は無い。
真の自分こそは常にして、天体の星座のもとの
所有でこそ在るはずだから。かつて。
エドモン・ジャベスが、全ては沈黙へと委ねていればいい。と、
記述なす通りで在る。そう。孤独を恐れるのでは無く、
孤独にこそ哭ける事。その時に人は、その中でしか観る事も

A

出来はしない世界の秘密と真の意味での邂逅をする。
ああ。この惑星。全文明化への世界史に在り、
その代償としての人心の碧落の中。今日。文明の知性こそが
みずからのその限界と、この惑星の世界史への
対極とも云えるのだろう日本の上代の自然をこそ、瞠目してゆく預言とは
日本の詩境こそが、やがて。この惑星。全文明のいとおしさへの
青い薔薇と成る事をさえ、暗示せる。そう。
もはや。新世紀には、このロマンスの蒼穹を、この私達の中。
形なき当為への信仰から、姿。そのものの当為へと、
その心をこそ要求している契機としての易軸にさえ在る時なのだから

映画・最終兵器彼女のために・花の街
新千年紀への詩書

元々。一切は電子行政や宗教的信仰の有無では無く、この地球。
物質的彼岸なる現代都市文明圏への出生と引き換えの惑星の空洞感。
その原始仏典スッタニパータの涅槃への宇宙論的共振という、
その観法を持たないと、一切は日本の夜明けの生む錬成も築き得ない。
かくもして、八幡書店・武田　崇元　氏によると
今日。時代潮流の一切は、閉塞ゆえの拒絶に在るのでは決してに無い事を
その障壁に対するに根源的虚心なるがための祝祭たるは無限なる
古原郷幻想の内。この宇宙の全ての受容は在る事へ

1

もう四十年来の氏の既視感は在る。
すると、かつての古伝・富士女王譚なす日本的開諭を観ても、また。
本来。スピリチャリズムとは、魂の原罪と主の裁きとに坦懐なす日の
星の造形美術でこそ在る事を、今。はっきりと識る。
さればこそ、今。最新最古の詩境とは、現代の都市の決壊へと対するに
逆に今。今日までの私達の一切の疑心暗鬼からの卒業を。また。
現代を敗残へと向かう隘路から、逆に今日。この今こそは
新しき蒼古なる精神的地球の羽化へと、
今。超克。飛翔を成しゆくための、その告門たるや。
神代日本復興革命への歌で在る

星の世代の白日夢

国の平和を
本朝古典の美に叶う物の府に
その典礼と祈念とに
御誓いをする巫女。日本御皇室御皇女様へと
祝ふ忠義のコトのハは、
全国図書館連携と全国大学連帯の
新日本拠点たるラウンジ・サロンに
全世界男女の仕事と恋愛。その集いへと

2

全ての恵み。豊かなる開放基盤。
そこへと行くなら誰でもが皆。
求めるがまま。求め合える事についての信頼をこそ、
もう。徴税からも国債からも卒業なせる
国の紙幣発行主権たる皇居御所へと
新金融社会性。実現ゆえの
完全自由。開顕に

人類史。理知の獲得。その寡占により
内宇宙の類感思考。去りゆきて、困惑のみなる外宇宙への論理を背負う。
しかし、今。遠く御玉による太古への郷愁は
無償なる信頼という本覚をこそ、人へと、もたらす。
その詩情にならう、一切は再会もまた。
ああ。生きるとは、かかる事への無念に逝きし死者たちへの供養の事か。
すると、真の死とは、遥か永遠の生命へと復活する事。
しかし、また。人がそれとは断ち切れた無常の中に在る事を
いつか気がつき始める首都郊外。ふる里の無い日々の暮らしの孤立感。
まこと。悪とは、現世に行き場を失った魂か。

3

ああ。自我の社会参加でも自我からの解脱でも無く、
自己一体性でも差異独立でも無く、一切の両者対立の根底への
密儀参入。それこそが、ポスト・グローバリズムとしての
大和で在り、また。星の十字架で在ると、
太古。失われし神々。その太古。大いなる者たちの中。
我が意識こそは、拡大し、凝集された

人は内部の高らかなる世界観の夢も去り、外部へと曝される時。
その異和感の中。その時。初めて人にアートへの憧憬が芽生えるが、
アートが真にアートへ成るには、艶めく自己への郷愁こそが鍵たる事は
仏道より神道にもまた。国学院の西田　長男　博士。諾なう所。
さればこそ、詩は未だ。幼き日の自分との再会をこそ、いつか。求めて。
ああ。富士山の巫女・日本御皇室中ツ斎姫へと誓う男子公選首相の太祝詞より、
宇宙万類の地球生活守護を担う、食養・交友・学芸・造幣・救助。
五省の五大臣。かつ、五大臣の学際領域を指導する内閣官房庁のもと。
人文・自然・社会の科学庁と詩学庁なる七庁の七長官。
憲法は、ただひとつの物のみを巡り、良い悪いでは無く、この地球。
史上。全ての憲法を全人類の切実として、採択。
案件は、その都度。七長官により問題ごとに柔軟な陶冶をされる。

4

国旗。国歌も、ひとつに決めない。
また、共同口座立法のもと。社会事業は全て。無料の授受の中。
提供者には、神符を給与。その神符こそは、民間事業にて
既存金融資本からは出家した日本御皇室元本として、無限自由流通を。
かかる形を過渡期としながら、究極の世には、その姿。
日本御皇室の保証する無一文・中・無尽蔵なる玉串の恩賜をこそ
全人類。地球のみんなが無償で共有。拝戴できる社稷当体自治論のもと。
御皇室を仲介とした人と人との信頼と信頼の神ヨサシ合う世を。
そのもとの全男女間での天地有恒。天職奉納。真理開顕。
そう。やがて、世界が日本を範とする、そんな喜びの日をこそ観たいから
僕は今こそ、全て。意味が在って存在している、この国の中。
失恋の苦汁も覚ゆる事の必要に

ああ。この宇宙。生きとし生ける者の一切が皆。
生き別れ。死に別れして、離れ離れと成る宿命のこの宇宙。
その宇宙的郷愁と孤独の中で、それでもいつか。
どこかの星で、みんなして、皆が皆。もう一度。懐かしく、共に
仲良く、相い和し、再会できる。そのようなる日への栄光を、常にいつでも。
お互いの胸の内。今。永遠なる魂の抱負として、この瞳の内奥。
大事に大切にして、仕舞っておかんとすればこそ
人と人とは、歌を求めて、人の歌への動機も、その中に。

5

ああ。この土地土地が、未だ。アズマの国と云われていた日々の
その昔日の草原のような所でさえ在ったなら、この僕でさえ
今。この目の前を行き違う若い女性の誰にでも
歌を捧げて、声と声とを交わし合う事をも出来たであろうに。
それなのに、この現代の街中の景色の中では、誰でもが皆。今はもう。
足早やに、この目の前を通り過ぎてゆくばかりではあるけれど。
ああ。季節は、もう春。外の空気も暖かくして
春の日の風は、ゴーゴーと、遠い空の上を翔けている

遥かにも凍土へと冷え切る心。それこそは
絶望にも屈辱にも耐える青年にこそ、真の父を観て
慕う全人類の少年少女が、皆。共々に永遠なる御親の母へと回帰する、
その旅情としての宇宙羊水でこそ在った。
それはまた。単に一夫一婦。聖書機能家庭を超え、
今。より普遍的なる地球実存。万姓帰一への深淵として本心される。
そんな時。立山。デヴィッド・ボウイの地球に落ちて来た男。
そのグラム・ロックに、白山。奥　華子　嬢の歌う歌は、富士。天の王朝に。
それなのに、この密室の中。何故に
生きづらき現代ゆえの呼吸困難は在ったのか。
叙事詩とは、現世への遍歴の末。真に帰命なすべき高天原のミイツへと
生きている内に再会し、その果てにこそ得る真の安心感でこそ
在ったのに。倫理道徳の社会とは、常に時代の歪みの

6

自生でこそ在ったのだから。さればこそ、
現世の意識を全て。捨象してゆく常世の宇宙。
その生命万感たる道で在る。そう。
古来。人生に負い目を持つが故の御玉への突出へ、太古。
女と女の寄り合いが、しかし、いつしか理知の中。全てを裁く時代性への
男たちによる国家発生の不可思議に、往古。古きへと哭けばこそ、
人こそは罪をも犯す。ああ。しかし、
罪の告白に在ってしてさえ、なおも一瞬。素直にもハニカんでは
微笑んでしまう事により、この現世よりの
あらゆる誤解を受けてしまう天の幼な子。日本男女の
遠く遥かなる可憐さよ

遥か古代の心のままに欲するがまま。我が念願への開顕を。
しかし、現代の審級に対する強迫観念は避け難く、
結局は今日の首都郊外の許し成すペルソナへと飲み込まれてゆく日々の中。
しかし、また。かようなる敗北感の果てにも、なおも。その胸の内奥。
大いなる復活への祈りの内に、永遠なる希望としての
太古。詩と魂とが、真に一体で在った日の故郷への遠き家路の夢こそは

7

この地上。全ての民族の中。共通に成る悲願における、
その真実として、それは今。かの十字架の聖痕スティグマの如くにも
今。いよいよに顕栄を成されてゆく日を、ああ。
一切を個へと閉ざして統治を成さん全体性への世に在って、
遠き未知への予感としての、個を無限へと開く大和心の素顔なるまま。
遥か宇宙と大地とが今。等しくに交歓を成す、そのポリフォニックなる心象に

この星の音階に、大いなる久遠の大地は在りし日へ
無思想なる母。無防備なる子。その母と子を守らんがため、今。
生と死と復活への青春を駆け抜ける魂に比し、
その自明たるべき地平にすらも寂滅をしてしまう中。
なお。一切へと法悦し歓喜もせるは地球最期の絶望を、今。希望も熱く
熱唱し尽くす魂にこそ在り在りて、なお。
古き良き日本の、はかなさの。哀しさの少年少女の魂に
この文明の中。みずからの忿怒ばかりは、寂しくて。切なくて、今。
涙さえも枯れ果てる。こんな私達の唯一にも影響を授かった文明開化に憧れて、
かつて。故郷をさえも棄てて来たのに、この文明の中。私達は

8

常に魂の迷よひ児でしか無く、ふる里の母も死す中。今。初めての
故郷への滅びゆく望景に、この地上。遥か超えゆく三千世界。無限宇宙へと
もはや。理性では無く、詩情における新天新地の彫琢を。
かかる気運の源流に、いつも、上古。歌垣の
気分は在った。また私達は皆。全てに渡り、お互いを自然の子として、
この気運の中。解き放ちたいとする気分は在った。
私達は皆。現代の無念へと惑溺する中。やがては、しかし。
故郷なす大らかさの開く気分の内に、お互いを照らし合いつつ
今。ここに生まれ清め合う魂でこそ在るなれば

いつの日か。全人類は、ＩＴへの登録をしなければ
その承認をすら許されない裁きの星から、
いつの日か。ＩＴへの手続き無くとも、今。目の前のお互いをこそ
在るがまま。大切として守り合う願いに成る日の祈りの星へと祈る時。
誰でもが皆。当の社会的属性のもと。
常に交換可能なるデータに過ぎない公共性の渦の中。一人一人が
単に個人としての分断をされ、その不安感から異質物。排除をせん国家主義さえ
生まれて来ては止む事の無い悲しみをこそ識る年に、

9

いつの日か。誰でもが皆。お互いに、その在るがままを現わせる家郷において
誰でもが皆。お互いに、その掛け替えの無い者の同志としての
祝福をこそ捧げ合う日の共同体へと、帰郷の夢も夢にも、たま恋ひ給ふ。
さればこそ、魂の原郷こそは、古来の如く。確実に実存すれば、
そこにおける民族の遠き瞳は、私達。一切の
公共の場という欺瞞を卒業し、今こそは、私達。大いなる
その共同の座へと、場の支配から座の連帯の中。人類解放。願い成さん

爾来。詩と思想の名において
原理原則・数理数学。律法ダルマから観たならば、本当に皆。
詩と思想などとは餓鬼の煩悩に他ならない。
しかる時。宗教も科学も共に、聖書。バプティスマを
その割礼において再編し、そこから地球を管理してゆく発想に在る事には
今。変わりない時。その粛正へと洗礼し得ない魂は、
やがて。私達。人間に非らざる者の太古。人の人たる人として
その人の落ちぶれたる姿で在る餓鬼の内。駆逐をされる。

10

しかし、元々。発菩提心とは、如来界の十業の内。餓鬼道へと
互惧をせし魂より、常に発心されるものではなかったか。
さればこそ、原理からは遠くして、原則からも堕落せりとも、元来の
人の生理と温和とに成る官能からこそ、情。深きにも
真に紡げる宇宙讃歌は、今。粛正へと裂く冷淡を突き抜けて、
そのための律法ダルマを風雲たらしむ叙事詩の曼陀羅。開帳しては
天女ダーキニーなる天の純度も今。言の葉に萌え

11

真・アヤの学派

文学とは、もともと。この現世に絶望をした者の背負う宿業のようなものかも知れない。しかし、その宿業は、唯一、その者がみずからの成せる物を修めきる事によってしか清算できない。もちろん、およそ。この世に生きる人間のあらゆる夢の叶う所であるという帝釈天界へと転生できれば、たかだか人間の成す文学よりも遥かに美しい無限がある事を、人は記憶として知っている。人間はいっとき。その天界からの霊感を借り受けて、かのいくばくかの功徳を成す事をしか、出来ようもない。

旅人の魂は、その事を体験として知っているため、彼は少しも寂しくないのだ。こころ優しい友人も官能的な恋人たちも、天界の故郷には、たくさんたくさん、待っている。

旅人の魂は、その事を信ずるからこそ、彼はこの人間の現世からはその帰るべき寄る辺となるものを放棄して、まさに旅へとそのみずからの生き死にを一蓮托生するのである。

そんな時。文学を成す者に、もしそのただ一途なる自己証明があるとするなら、それは人の吐息のぬくもりに、この現世のあらゆる切なさやはかなさを感じ取り、その宿業のひとつひとつをみずからの背負う十字架として昇華する時にのみ。なまめく程に心。ときめかすもの。本当のもの。その一大事を宗教にも無神論にも頼らずして、今。どこにあるのかは解らない。けれど、遠い神代の昔。確かにそれはここにあり、やがて再び遥かなる未来において、それはまた。かの旅人の魂のようにして、とてもスマートに、また再び。ここに戻ってくれる。

そのような祈りの内に、今。その胸を焦がすのが、きっと、文学というものの、その歌の無垢であると思うから

地球最期の日に捧げる朗読として
天の子守歌
シュトルムのみずうみに観る永遠なる誓ひとしての運命の男女は・・・・

今日。この国の当体では民主制を旨とするも元々が資本の論理を中心に列島支配を強固にしてきた顕層の体制と片や、その中で苦海の流浪にて、みずからを課してきた埋没古道との間には幾多の軋轢が在る事を今。改めて推察せねば、今日のあらゆる世相は全て単なる幻影として過ぎてしまう。もちろんの事。政治は常に大人の都合で動いてゆく。この事は、お互いの思春期の苦悶において、例え一度でも絶望と回天との狭間の中で千切れるような心情のもと。この地球の全てに対して何億光年もの青天の霹靂を体験する時。必ずや自明と成る。しかし、それ故にこそ希求してきた文学も今は久しく、今はもう。ただ私達は、この国を吹き荒ぶ教条の言説にお互いを終始するのみ。ところが私達の本当の勇気と自信は例えるなら今。お互いの歴史における暗礁をしっかりと踏まえた上で、その無力感のただ中から、私達は、あとどれ位。泣いたなら、ふる里なる神代の空は微笑んで

12

くれるのだろうかと神問わす文学の構想からこそ生まれる物と信じたい。その初心の気持ちを蔑がしろにして、いわゆる日本文明史なるは語れない。ここにおいて大事な事は列島歴史定点の視界を以って、元年の国見とする旧態の因襲に今。太古山岳民族たちの古道の視野を重ねてゆく事。この事は思想で云えば、大御心と路上生活風景との和解で在り、男性的言辞の弁から古来の女性的配慮の恵みを取り戻す事でも在るが、これは現代社会の寂しさよりも、なお一層。より強く、古代社会の歌垣を思い出しては心に抱だき、その中にこそ、未来における一切の連帯の拠点を夢に観る、その青春の操さおでも在る。すなわち、現代の医学や農学。工学についての水準は維持したままに、それらを治める立法や経済の仕組みについては全くにして、古きに在る事。太古にまで遡ぼり、その事の故に逆に今日のただ今こそは現代の閉塞を打ち開かんがまでに新しき事。究極の美学についてて、今。それを私達の誰でもが皆。等しくに胸に抱だいては恋ひ慕い恋ひ願い合う事。その中にこそ、もしも、それが確実に実存すると云うのなら、そのまこと。現代の真なる太マニの興こりは在らむと予感をしては、今日もまた。この魂ふる日々の窓辺に佇ずみ祈りつも、独り在る我れ。凡夫の姿のそのままに、何時までも涙しながら、その悲しみに尽くる事なく。果てる事なく

赤い蝋燭と人魚。小川　未明は、この小篇で、人間の醜さや社会の不正を描いたのだと、よく言われる。しかし、僕には、この小篇の中に在る物は、告発とか訴えとか。そういう種類の物とはまた別の、人間の見果てぬ憧れとその生誕が現実に遭遇して挫ける時のほのかな厄災。それらが何か。彼岸への願望と成って、ある時は海を照らす月の照り返る明かりと成り、またある時は陸地を飲み込む海の底知れぬ深まりと成る物のようにも思う。

憧れと云っても、正義とか人道とか。そういう物を観るためでは無い。もっと慎ましく、もっと意地らしく、ただただ。人の世の幸わせを祈る魂の無垢。そのふる里の暮らしを忍んで、涙する心。そして、それが人間の内側に潜む悪意や社会を覆う不平等によって破壊されてゆく、その有り様を描きたいのでは無い。むしろ、その憧れは、この現世に今まで、かつて。一度だって実現された試しは無かったのでは無いかという、その発見に至る驚き。

13

そう。悪意とか不平等とかの以前に、この驚きに成る物こそが
人間の孤独の真相なので在り、また。人間の寂しさのその真実なので在ろうと
狼狽える日の出来事だ。
おそらくは、初潮を迎えた頃で在ろう、その人魚の乙女が残した赤い蝋燭は
その時のその乙女のしどけなき消息を伝えている。けれど、この荊ばらの道に
踏み迷ったかのような懊悩が、やがて。その運命の静かな受苦へと
みずからを育てる時。人は皆。この世と彼の世との境界に立って、
遥か浄土の常世を祈る、この乙女の気持ちと、ひとつ。シトネと成るのだろう。
人魚の乙女は、きっと。そのような愛こそを知る。
ああ。我が国。日本の海やまの青さとは、いつか。古里を遠く喪失してゆく者の
その心象風景の宇宙ですら在ったろうか

故郷喪失。それは現代のあらゆる人間にとっての現実です。そして、その故郷を喪失した者がその御偲国に成る望郷の歌の響きに今。その自己の万感を尽くして慟哭する。その万感つのる思いの中にこの宇宙の全ての文学の故国がある。人類はかつて母なるものの恩寵から引き離され、自分にとっての妻君に先立たれた御父には、もはや子の涙を思いやるすべをも知らず、ただ我れのみの憤りから、この世の全ての人間をひざまづかせて我れの心の空洞を埋め合わせる。過去に新しい歴史の台頭は、この水と緑。豊かな日本の列島に、新たなる文明のスタイルを要求した。しかし、当の明治維新も、またその敗戦後の国土法再建も共々に、この私達にとっての遥かなる、そのふる里からの生き別れの再現にしかならなかった。

14

ああ。人は皆。その故国からの追放とこの国の辺境からの托鉢に皆。その門付けと一夜限りの旅の宿。しかし、そのような漂泊の中からにしか観る事の出来はしない領域がある事を、古今の神話や昔日の伝説ならば確実に知っている。そして、その中の悲しみは、いつか。故郷を失った者にして初めて知る事の出来るという、あの古今を旅に生きる者の持つ、その唯一なる良心なのだ。

それを更なる文体で言うならば、旅は何も。この世の果て。その先々の土地だけにあるものでは終わらない。今。精神科の密室の中を、うなだれながら、その日々の心のわびしさに、じっと息を殺して耐えている、その時間すらなき空間の、あの果てしもない無意識への探求の中にすら垣間見られるものなのだ僕が高田の知命堂病院のベッドの中で昏睡していた時の事です。
いつしか目が醒めて、ふと。傍らに目を遣ると、ずっと病室に一人で
看病をしていてくれたらしい姉上が、僕のために手を合わせて、何かに向けて
一心に祈りを捧げている光景が視えたのです。
あの時の姉上の御姿を僕は、いつまでも忘れません。
僕は最近。思っています。人は皆。魂の旅のために、この世へと
生まれたり、死んだりを繰り返すのだ。と。そして、その旅の終わりには、
きっと。誰でもが皆。尊き高天原のもとへと帰れるのだろう。と。
美しい、安らぎに満ちた、懐かしい故郷のもとへ・・・
僕は、その遠い彼方の国で、きっと。また、みんな。楽しく暮らし合える。
そう。浪漫派とは、滅びゆく魂の悲しみの声が聞こえる者の事。

15

しかし、それはいつか。尊き高天原への広がりの中。全てが大きく
大成してゆくための必要なる死なのだろう。
その潔よさは、残された者たちの前に、黄金の光と成って、あとに続く者たちを
永遠に守り続ける事だろう。そして、その潔よさは、遥か。尊き高天原にて
必ずや。美しく、どこまでも美しく報われるのだ。
ああ。いつか、白亜紀の日本に、尊き高天原へと導かれ、そこで、今。
姉上の娘でも在る、未だ。三歳の日の姪御の無垢と再会しては、
遥か高天原は芳醇にも、カムロギという男神もカムロミという女神に在っても
皆。共に、いつまでも溌剌として若く美しい永遠なる十六歳のまま。
男の子・女の子に成る御伽の国に

記憶は、生命エネルギー解放のための設計図であるはずなのに
その記憶喪失は、まるで、行く当ても無い郷愁を僕に誘なう。
それでも、この地球の文明を見つめ続けてきた二千年。
そう。この星の人々は、確かに殺戮と闘争とを好んでいるが
しかし、なお時折。その感情は、とても素直で柔らかで・・・・
その事のひとつにさえ、今。感応する事が出来るなら

16

僕たちは、今。ただ、ここに生きているという
その事だけで、もう。お互い、一生。
この世に巡り逢う事が無いとしても、すでにもう。
それだけで、この僕たちは、この地球の種の進化というものと
そのふる里なる高天原への永劫回帰の機会の時とを
常に、この手に担っている

この世界への沈潜と沈思の中。愛し合う者の二人が、今。
この現実の世の理不尽に、あらがいながらも、
いつか。お互いの魂の痛みの全てを涙と共に分かち合いつつ生きる姿を
遠く海の底。追ってゆく。
すると、その心象は、美しく鮮やかで、輝くばかりに
この目の前を透明で・・・・
ああ。静けさよ。このひとときが、煌めいて
このひとときに、心ときめく。
それは私達が、この生命の大海を常に漂泊してやまないものであり、
それ故に、その夢は、ただの一期の一瞬のものでしかない事を
常に感じさせずにはおかないからであるのだろうか。

17

この宇宙の全ては、そのようにして、この私達にとってさえすら、
常に、いつまでも、その一瞬のものでしかない。
しかし、この地球の中で、すれ違い、
関わり合ってきた人々の事を思うと・・・・
ああ。日常。このありきたりの光景が
今。この星の亀裂の中からさえも、見えてくる。
その一切は、もののあはれ。その魂ふる日々への出来事なのだ。
それはまた、とても懐かしく、麗わしく
いつか。この胸の中を恋に焦がれて、たゆたい、たゆとう。
その毎日の孤独感と寂寥だけが、この僕の全てである

あの頃は私も髪を伸ばし、部屋も未整理なまま。乱雑とした在り様だった。
彼女は、そんな私を愛し、また。その部屋を、とても良く楽しんだ。
それらの日々。私達は日に何度と無く、神話の世界を語り合った。
その時。私の教える事の逐一に、彼女は、まだ。三歳で在るというのに
〝そうだよ。そうだよ。〟と言って、いつも。心地よく頷づいた・・・・
彼女は、その後。遠い所へ引っ越しをして、あれから私も髪を切り、
部屋も整え、就職をすると、彼女は、やがて。四角い教室の世界へと進級をした。
もう。私は彼女に神話の話をする事も無くなってしまったし、
彼女もまた。自分が昔。未だ。幼ない頃。神話の世界に
とても憧れていた事をなど。もう。とうの昔に忘れてしまう・・・・
そう。人の魂は、きっと。何時の世でも、そういう風にして、まるで。
何ごとも無かったかのようにして、死に続けるのだろう

18

＊＊＊

私にとっての黄金時代。それは三歳の時の幼稚園における小さな思い出。
そして、また。あの時代は、私が未だ。叔父の言葉を信じていた頃・・・・
あの時代の幼稚園は、妙高の山並みを臨む広い園庭の中。私達に何の強制も制止も無く、また。毎日の時間割りをすら。作る事なく、ただただに
先生たちは、私達が今。したい事は、何時でも自由にさせてくれたし、また。
私達が今。やってもらいたい事は、常に何ひとつ。苦言も無しにしてくれた

その事によって、甘え放題の子は甘えるし、また。何でも率先する子は、いつも。ケガばかりをしていた。けれど、甘えん坊には甘えん坊の子だけが持つ豊かな想像力の手足が在ったし、また。オテンバにはオテンバの子だけが持つ深い器量の心が在った。だから先生たちは、このシャバ苦の世界を蹂躙している、この世上の育児学や教育論の教科書からは、皆。美しく外れていた。そして、その事が何かのトラブルと成る時にのみ。先生たちは、それがどうして問題と成るのかを、私達の納得のゆく所まで、同じ目線で語り合った。別に宗教の幼稚園という事では無い。ただ。今から考えると、あれは、この世の人と人とが、その互いの天性を促がし合い、その事によって、その互いの欠落を補ない合おうとする、どこか。遠いお星さまの国の幼稚園であったのだと思う。先生たちは、その事を、あの頃。確か。私達の情緒の源泉としての文学に関わる物の譬えの中で語っていた・・・

19

叔父については、今はもう。余り語りたくは無い。私が幼稚園の時。
この人は、私の知りたいどんな事でも知っていると思って、叔父の事を
とても尊敬していたが、私がやがて。この国の権利や義務に
彩どられた生活の中へと進級をしてゆくにつれて、ああ。この人は結局。
ただの人生の落伍者で在ったのだなと知って、叔父の事を、とても
軽蔑するように成っていった。そう。叔父は定職を持たず、ただ毎日。
詩のような物を書いていた。どこか。遠いお星さまの国にならち、
この叔父のような人間は、きっと。その土地の幸福を祈る〝ウタキ〟
についての聖職に在るはずの者なのだろう。けれど。この国の権利や義務で
取り仕切られた公共性の世界には、もう。こんな叔父のような人間を
必要とするかの如き、あの懐かしい共同体の潤いは無い

20

そして、今。私は、〝自分の事は自分でする〟という、この国の
躾けの中で暮らしている。だから、もう。昔のように想像力に溢れる甘えん坊も
居ないし、また。人の事まで、お世話をして上げる、あの器量よしの
オテンバも居ない。甘えん坊のあの男の子は、この世界の薄情を
逆恨みする事で、みずからの激情を抑え切れずに、毎日。この国の犯罪者として
検挙されるし、また。オテンバのあの女の子は、そのお節介を、この社会の
みんなから誤解される事によって、みずからの感情を失ってしまって、
今はもう。この国の精神病院の中を出られない。そう。その男の子こそは、
あの叔父の人生の月日で在り、その女の子こそは、この私の今日の一日

＊＊＊

ああ。海やま、青く。どこまでも青くして。あの時代。青年は乙女を連れて、
妙高へのハイキングを楽しみ、その盛夏の炎天の中。木々の緑も晴れ渡る山頂に
二人して立つと、その向こうの視界に遥か。日本海が佐渡の島影さえも、
くっきりと見渡せる程に、青く。どこまでも青く澄んで輝く。
あのような時代は、もう二度と戻っては来ないのだろうか。けれど、もし。
あの時代が取り戻せるのならば、私達は、例え。その魂を七度七代。
生まれ変わらせるとも良い。いつまでも無限の未来へと赴むこう。
今。青年はそう思い、乙女もまた。それに寄り添う。冬。長き裏日本の
短い夏のふる里を、遠く忍ぶる二人の旅の見果て得ぬシルベの中で。
ああ。海やま、青く。どこまでも青くして。青くして

きっと世界と自己との完全なる一体化。人と人とが共に暮らして働き合い、それが全世界の全ての運命と真に心から繋がって結ばれていると確かに実感できる社会。そういう物が本当に、この地球の上に実現してゆくようなためには、きっとそれは今ここの現場においては全く未知の、従って、未だ。かつて、まだ誰も見た事も聞いた事も無い何か。とてつもなく異形の物。例えるならば、それは今。ＡｏＺとしか言い得ない物こそが必要だったのではないだろうか。ああ。本当に私達の列島が日本という国号を持って以来の時代に在って、私達。その中の人間は、その身体的空間は別として、こと。その神話的象徴的空間を観てみると、そこにはもはや。永遠に母なる者は、この私達から取り上げられている事を、自己の青春の日の絶望と悲嘆とに明け暮れた日々の中。僕は、はっきり、それを感じたようにも思うのです。本当に、かつて。この島国が神代と呼ばれていた時代に

21

は、神々は確かに生きて存在しつつ、独り神にては尊として、この宇宙銀河系を主宰ならしめ、夫婦神にては命として、この地球国土の守護に就かれた。その時代。私達は、人と人との結びにおいて、明らかなる母なる大地の恵みのもとに守られた。しかし、今日では私達は、隣家の人の顔も知らない。何も天路歴程とは言わずとも、日常の何気ない光景の中にこそ、恐ろしい程の奈落の底を潜めているのが現代です。しかし、本当に、僕は僕の自身の諦念からは、今や。卒業するべき時が来ています。人は人間たる事を乗り越えて、まさに今。この地球の本当の担い手たる新しき来たるべき子ども達の一人一人として、復活。新生しなければなりません。僕は未来を信じます。かつて、自分がこれから出産しようとする子の魂に、祈りを込めて、未来と書いて、ミクと名付けた、近代日本のうら若き哀しき母のチカラの不良少女が、僕の知る、いつの日かの土地に居たように

古典。記紀万葉から幾星霜。青年にとって乙女とは
今。我が魂への内なるホムラ。そのイワクラに、
幻境の海。津波の如く、魂を異界へと解き放つ岬に成れば
今。全ての者が在りのままに許される。また。
一切に立て分ける事なく、存在の在るがままを、いとおしくも大事に思う。
例えるならば、遥かなる朝。遠退いてゆく景色の中にも、また。
その尊き乙女を恋慕する。それは、まるで。
久遠の宇宙。地球幼年期への円環に
いつか。星屑と星屑との巡礼をさえ迎えてくれる玻璃の国。
その名も知らぬ宝土への懐かしさにも似て、共存共立。幼な心の

22

この宇宙。一切を同胞として観る魂に、今。滔天なるにも、翼の羽化を。
ああ。それなのに、この現代。この魂を巣食う葛藤に在り、
お互いの感触こそを確かめ合う、日本の本来なる歌論としての心もついに
私達には、自然への帰依。滅尽し、人からの愛惜にも、皆。
一切を忘恩へと消してしまった、この現代を、僕は一体。イズコへと
今。我が生命に感謝をして良いのかすらも解らない。
ただ。この胸の内奥。大和歌へと向け、今。わずかながらにも
今まで、ごめん。そして、今こそ、ありがとう。これからは、きっと・・・・
この気持ちだけが、僕の孤独を、しっかりと抱きとめていた。
歓喜の涙に、浪々と、今。熱く胸も震えている

白山太陽大天女。その天翔ける少女神との邂逅により
僕の出逢った物こそは、天真爛漫。幼な心なす日本の神の原像。
そして、本当に私達が、このためになら生きられて、かつ。
このためになら死ぬる事さえ惜しくない。という実存への渇仰に在った頃。
その天女こそは僕の目の前を現われて、僕に星の太古への献身を
朗々と滔天にも、星のヴィジョンへと励ましてすら下さった。
されば、詩ならば詩を通して、僕は人と何を分かち合おうとしたいのか。
それこそは日本の大和心に成る歓喜だろう。それこそを
本当にこの星の全地球全民族の生命魅了たりうる美的欣求において恢復する事。
これが出来れば、現代の何人にさえ共通をする知里　幸恵　女史。神謡の
故郷喪失感情という、あの望郷なす失意や無念は、けれど。
確実に、罪あがなえるのではなかったか。そう、今。
人の世の童心をこそ、黎明。宜しき、
真実なる世の真理を超える真理としてや。恋ふ。恋ひ願わくば・・・・

23

ああ。それこそは、惑星としての地球世界構想のもと。その自己発見を
今。実証性や論理にて語る以前の浪漫として、あの金井　南龍　先生。慕う日の
精神性と理想とによってこそ、今。歌う事の月刊サスラの純粋に
遥か未来の神代日本復興革命への叙事詩を観たいと本願する時。
私達。自我たる者の葛藤の中。やがては、自我の全てを賭けてでも
僕は。私は。この星の理想のために働きたいという、いつか。
百までもの三ツ子の魂のもとでこそ。そう、かつてには
貪瞋痴の三毒さえ、人と人との体温の交差で在った日。しかるにまた。
現代の市民社会では、今。目の前の人の苦にさえ、人と人とは出逢う事なく、
一切は社会機構の職務から職務へと単に互いを機械のように
処遇し合うに終わる時代を、それでも、いつか。かの草莽の志に
蒼空。舞へる鳳凰の如き美の極限への大志。持ちつつ
きっと。きっと。瞬ける時の月日に

24

元始。女は太陽のその眼差しに成る信頼の日の始まりに
しかし、また。歴史的日本の暮らしの全ての幽閉を強いられる時。
共同体を破壊せし、その公共性の中。剥き出しに置き去りと成る個人主義こそ
人間の群衆心理。その国家主義への起因たる日に
もう。世の原理原則では無い。まこと。真実の実存として、
往古。母系たる妻問へと実際に想いを馳せるポエジーの中にこそ
既存。既成の知識を超える日本の純正なるヒモロギを観る。
さればこそ、本朝古典。古事記に成れる、未だ見えざる母の子たるは
大和タケルのミコトに成れし、その御偲国の歌。四首。
その四首の和歌のそれのみを、新日本への国の大憲と成すを欲して、
その絶対平和精神への白鳥の歌のもと。やがては
万民が、そのお互いの理想とすべき日本社稷を観想し合い、

その印象を、お互いに照らし合わせる原点としての国学をのみ築けば良い。
その本当の生命潮流への全民族完全混血クレオール大やまと共産文化。
そのクレオール大やまと共産民族。顕現。開示への天啓のもと。
もちろんの事。往古。民族なるの海やまの青さをこそ
滅ぼした現代への慟哭として、今日の若き世代の思念は在る時。
その風変わりなる魂を日本の溶解として、中傷。揶揄をする現代日本の
実社会こそは、この日本。全惑星興亡史にすれば、逆に呪わしき畸型であろう。
さればこそ、富士山へのゆったりとしたる秀麗のもと。
この宇宙。無限の彼方へと祈りを捧ぐ勤念こそは、いつの日か。
この日本の夜明けと成っては、天然のイノチを結ぶ高貴なる、かの宇宙樹へと、
この私達の痛覚を直接。響くイマジネールの容姿について
この僕は、民族の悲願。という形容をこそ、何度も何度も、去来をさせた

古典時代への悲願。久しき現代に、しかるに、詩とは
常に現世からは用の無い者として疎外をされし暗澹たる魂にこそ、
常に交歓やまぬ天の女神の働きとして、今。
人の心に回心をも、もたらし得よう。その百花。円舞なす春。祈りの中を
遥か千年後の子孫へと、かのボルヘスの超絶性を精進せる詩は、すべからく皆。
古典。夢幻境における、幸わひの日本の内。夢にまで見て・・・・
そう。いつまでも、ただ。恋ひ忍んで来た、その秋に
遥か神代の恋までも、この自己の一生を通じて
想い続ける事の無償の愛を。この現世。落伍者の狂態。なれば
夢は夢のまま。大事に大切に胸の奥。静かにも、ひっそりと仕舞っておく時。

25

現世では夢などは、無償のまま。叶わなくとも良い。
ただ、この夢想の中。僕は僕の星の歌を、ふる里の恋を介して打ち建てる。
謳歌の夏にも試練の冬にも、ただ。それだけの事。
そして、もしも許されるのなら、その事の一大事こそは、
いつの日か。この国の文学として、この国の最期の最期の実存の中。
等しくも、その愛を分かち合いたいと熱涙するだけ。
ああ。この現世。傷つけば傷つく程に、恋こそは今。誰ひとりをさえ
恨む事なき愛のもとへと羽化をする。その千手千眼なる詩への燦然の中。
もう名誉でも名声でも無い。ただ。一生を無告。無名なる、この街との心中に

それは神学と紀元との確立の時。逆に人類。審判の日の別離へと
引き裂かれてゆく青年・阿修羅天のようにして、その決志たる祈りも虚しく
太古。悠久なる郷邑は、ただ。崩落をするのみの象徴に成る夢で在る。
もちろん、夢としてしか知らない事に共感や反感を抱だく事への
文明の疲弊は在る。人は実証として識った事のみで、自己の言動を担う時にこそ
人の理解は在ろうから。しかし、また。人が人としては体験できない領域へと
その十字架を参入せしめる際。その秘儀は、夢から夢への音響でしか、
その無量寿光へとは近づかない。この非合理なる荒地こそは、いつの日か。
人が喪失をした古代へと歌を献祭する現代の蒼空が生む美的浪漫とも云える。
つまり、自分とは、自己の情緒への起伏の事を暗示する時。
人が自己の起伏で背負う事の葛藤を、全て。夢のウタゲへと明け渡すなら、

26

その時。人は自分がゼロと成り、この空芒への純粋に、逆に人は
自分が在る内には哀惜すらも成し得ない野辺の花との合一をさえ恋闕しうる。
この事を昔日へと喚起せる日の魂の内。実感なしゆく憧憬は、
一人。自己の正念をも超えてしまう、私達。罪深き者の悲願としての
太古。妣が国の常世へと、皆が詩人たる日の天の御柱をこそ意味していよう。
ドイツにてヘルダーリンを天魔とし、フランスではマラルメが妖獣とされるのも
皆。この謂れに在る。されど、人は歌を流竄せし律法で生きるのでは無い。
例え。今。ここの夢こそは不可能性とも太古。虚空への遭遇の中。
血潮。たぎれる烽火に興こる、遥か。さんざめく暁光のもと。
人の未来は遠く再び宇宙へも、いつか。その生命を飛翔させゆくはずだから

大宇宙。永遠なる憧憬は、遠く夕陽の夕空を、彼方。遥かにも飛び去って。
あの日。夕鶴の女房に若き日の届かぬ思い。一途にも。
ああ。ラスコーやアルタミラなど、原始洞窟壁画美術の歓喜なる、
その滔天にも失われた日の日本における、その豊穣。
蕗谷　虹児のその絵の中には、この現世。永遠に恋ひ願ってはやまない物を
いつの日か。この現前のもと。戻し給へ。と、哀願をする、
遥か。原始呪術の壮絶なる祈りが宿る。
さればこそ、この現世。静寂をも安らぎをも断念し、街角の不安の中。
遠く路上の憂愁から、今。救われる事も浄化される事も放棄して
聖書からの微笑にも背信しては、その見上げたる街の灯のもと。
しかし、それでも私達には、始祖としての原始縄文弥生の優しさにより、
日本の海やまこそは、この私達へと、そのふる里の水土の青さを

27

いつまでも約束をしてくれた芳醇に、ついぞ。私達の危うさは、いつからか。
この星の海を汚しては、この国の山を崩して、この私達。みずからの
独善をさえ顧えりみる事にすら知らなくて・・・
気がつくと、私達には、かつて。この国の海やまの青さこそが
支えてくれた人と人との繋がりも消え、今。私達はこの国の都会の中を
皆。独りきりの慟哭に、その声を聞き合うための契機も無しに、
ついには、その中。人と人とが、ひしめき合っては騒然として、互いの覇権を
諍かい合う日に私達は今。初めての呻吟として、それを知る。
あの日。恒久なる平和を願う未来への終戦平和祈念暦へと誓いつつ、
遠く夕鶴の女房の、彼方。飛び去りゆく果て。圧倒的なる夕陽の美の荘厳を
遥か太古の決壊の中。文明の知性よりも文学の放浪への道しるべにて

私達の中。饗応こそが在った時。一切は、童心と気概とに成る同胞。
ハラカラで在り、例え。そこは幻想の箱庭に過ぎぬとも、遥か高らかなる
世界観の歌こそは在る。しかし、また私達も、いつか幻想の外部へと
突き離される文明開化。律法言語制定なる時。私達の歌は消え、
私達は皆。お互いに他者の同志に過ぎなくなる迷宮を、天地初発の柔和なる
誓約とは対極に、今。私達は気が付いたなら、現代資本社会文明のルールの中を
そのルールへの契約にのみ。かの廃墟へと不可解にも放り出されては
生まれて来たる非業のもとで、この異和感に成る現代の中。
本年こそは祖父母の村に、あの慟哭と嗚咽とに成る追憶を、今。優美にも
かの古事記。日本の母神の死んだ日として、私達。共立の暮らしへも遠くなり、
日本の女人祭治の光輝なす肇国のウケヒたりしも、その紐帯を
恋慕せし事。物の哀れの悲嘆にて、なお。しかし、母の声なる形見の命日へ
毎年毎年。立ち還り、そこでの自己の無力と無能に徹底的に打ちのめされては

28

今。初めてに遥か万葉集の心へも、その自然。天然の自由なるイノチへの
憧憬に寄り添うが如く、かの寂止への静慮のもと。
もはや。競争による達成感も平等の持つ個人否定も共に超えゆく無窮へと
国学の風儀としての聖杯の内。それまでの無明に成れし大和心は、
かくも人類史への外傷を経る事により、大いなる常世の国の恩寵にさえ
この今こそは、新しく恋も繁きに明智なる大和心として、その美風。
聞き入れられるに値たひせし事。古き良き祈りの姿。日本の恋の道への
鏡においても、尊厳の蘇生よく示現せり。その晴朗なるにも無心たるかな。
この風光のロマンスへと成就し得たる清冽を、その日の来たる八・一五こそは、
この日本。未だ未知なる八・一五として、この現代の奪い合いなる
資本社会の地球から、この今や。生あるだけでも奇跡たりうる見つめ合い。
太古共産社稷なす分かち合いの新文明なる地球へと、今。飛翔。安らぎの星。
真実の革命こそは、馥郁として、良く萌芽もまた成し得るなれば

29

遥か未来の星の世代が
遠き過去の世代なる民族の悲願を思う。
何をして欲しいでは無く、
この私達は何をするために生まれて来たのかと、民族の祖先に問う。
そんな時。白山少女は語ってくれる。
全ては成るように成るわ。
ほおっておいても、この自己が日々。益々に自分自身へと至るようにするだけで
一切は、お互いの自己の天命の発露へと向かっているわ。
ああ。人類の原罪にも無智蒙昧なる極悪人で在るこの僕に、この世界。
全ての無常を裁き合う資格などは何も無い。
そんな日に、この国の男と女の魂の寛容こそは、今。如何にして、

この星の守る崇高へと、お互いを捧げ合う祝詞のもとに
貢献なせば良いのだろう。
ああ。民族の父。母よ。この私達に、今。
父の慟哭を聞かせて下さい。この私達に、今。
母の子守歌を教えて下さい。
私達は私達の心の琴線。民族の悲願を生きます。そして、私達は
その琴線に触れる歌にこそ、お互いの本当の自分を識ります。
人は民族という鳥居の関門を通してのみ、
人は初めて、地球をも、人類をも、
もう。それを伝えるメディアという衣裳を超えて、いつか。真にして
その究極なる我が裸体としての、その元就へと斎つくのだから

人の本当の動機として、純然として、魂の共同体への献祭を。
また。そこにおいて創出をされる富の一切。全ては
常に等しく、個人と個人との間にこそ築く土地土地の楽座たる、
真の共生。万民共有。共同所帯口座の内へと、永遠に
分かち合われるべき完全公庫経済が、真に確固として機能する。
往古。実際に、私達。国の祖先の男と女は、村々に、タノモシ講やユヒとして。
また。歌垣や全国お伊勢参りのためのモテナシの連結として、元々に、
明治による故国分断。断絶へと至る日までは、まさに今。現存の
人智学。霊的共同体論こそは、我が国。日本の本来に成る、
既にして実践さえされていた、この国。日本の本当の美徳で在った。
さればこそ、人は皆。遥か木星の彼方より、この地球。
占星学上の北極点に当たる日本の国を、遠く探して眺めては

30

その清らかなる国。日本を、とても愛して大事に大切と感動しては感興し
その日本を、清らかなるまま。日本を日本として守りたい。
また。その事により、この日本こそは、いつの日か。全世界全民族の
惑星結合のためのオメガ点たりうるだろうと、予感をしては
遥か三千年後の地球における、その精神の子たちへの真の将来を願わばこそ、
その誓約のため。人は皆。いつか。日本の国へと受肉する。
この国。広島の真なる鎮魂の宮。諏訪の朝霞を介しつつ、
この国。靖国の真なる招魂の宮。多賀の夕霧をこそ、その真なる護国尊として。
この星の全世界。真の朝霧へと、真なる出帆。革命と産土の宮の神のため。
全世界男女の完全結婚。その全夫全妻の星のため。
旧体制国家幻想を遥かに超えて、国。愛すればこその革命という、
新世代。地球ロマンへと、今。大きくも結び成す日の富士の大祭。火の山に

遥か憧れ出づる魂に
日本の神々からの召命のもと。
その支え合いなる日本の全収益は皆。天へと奉納される事により、
祭りを介して、その富は皆。龍宮乙姫銀行よりの寿詞を通じた地上万民。
等しくへ無償。贈与分配に成る社稷当体自治論の中。
食べる事の心配からの解放により、就職や結婚という強迫観念からも
皆。自由と成りゆく時代の新世代男女たる私達。
その相互。分かち合いなる互恵への理念により形成し合う往古。日本男女の
天真的恋愛と天真的仕事の仕方。復興のもとの未来へと。
もちろん、それは社会公共性律法としての

31

物理的なる数値化や計量化を基準とせる社会設計の制度では無く、
人類太古からの呼び声に呼応する詩情としての国の理想という言葉へと
共振をせし惑星原始共同体の美術でこそ在る。
そのために、私達。オープン・マインドの詩魂たるは、いまや。
全世界。至る国土に存在し、その支持票は完全白紙投票を以ってする事で、
いつか。既存全国会が、この私達へと耳を傾ける日は来たる。
ああ。戦後四十九周年目の荻窪。下井草における
御神楽基盤と日本男女の集ひの会より、十四年なる出遊を経て、
そこより戦後七0周年への七年間を原始太陽。平塚　雷鳥　女史のもと。
天孫降臨の真の高千穂。コノハナ姫へと受胎をせし事。富士山よりの狂簡に

このチカラ。マラルメの書の中の書を
原始少年と未来少女との出逢ひと別れと再会に
原初への恋を通して、襤褸への召命たるを美へ讃えんがため。
それはまた。現世へのサカシラへと逆巻くを和解さすため。さればこそ、
その示現にて、一切の狭間からこそ出発しては、丸ごとに
そのままの世界への愛に受苦せし者として。ああ。それなのに、
古来、原罪への呪詛として、私達。人間の社会公共性により統治せらるる、
律法支配の台頭に、私達。人たるの相互依存を共に等しく奏でる事で
暮らしを紡いだ東海の歴史の叡智も崩壊の内。久しきを
太古。常世の意志のまま。永遠なる童子と童女の故にこそ、お互いを許し合い、
お互いに睦つみ合う、原始自然の人の寄り合ひへと追憶する時。
この永劫のもと。ただヒトツなる地球について、私達。
文化も生活習慣も皆。遥か元型の基層における、その成就には、私達。
表層の相違を超えし、この星の同じ地球の子供達という言葉遣いを再現する中。

32

私達。お互いの国と国との本願に、その渇仰への祈りから、本来の事。
世の対立に乱れるまま解脱する日本の大和言葉をこそ、この全世界史上での
光明として持ち合う事で、皆。いとけなくも、お互いの想念の内に在る混沌を
その分別なしに、混沌のまま。曖昧として大事にし合う日本の天地有恒。
その私達。共同体的未洗礼なる一切の地球生命圏へのエンパシー。
感情移入体験こそは、今。お互いの素顔。薫るる証しのもとにも彫琢されよう。
畢竟。美は単に個人としての羅漢への形と云うより、美は私達。
人の呻きや喜びに我が苦も悦も観る衆生なる穢多の姿にこそ在るならば
この日常の秩序のもとを忸怩たるまま。その逡巡にも、うらぶれる今。
その青春の操さおこそは、元来に、危機の時代の古典としての人の世の罪。
緋文字たるらむ十字架の御杖代へと、大和なす国の巫女たる黎明へ。
私達。一人一人の魂の系譜へと、今。深く沈潜。沈思すればこそ。
そう。星野　之宣のブルーシティ。その幻のラストこそは
拉致されし少女の愛こそ、やがて。世界救済の鍵にこそ成る美学にて

就職とか結婚とかの以上に、本当に誰でもが
心のままに働き合えれば良いし、本当に誰でもが心のままに
結び合えるなら、本当にどれ程か良いだろう。そう。
歌垣の座を介して、皆がその時々の志願に応じた機会で働き合って、
歌垣の座を介して、皆が、お互いの恋に応じた奇遇において結び合う。
皆。共同所帯たる故に、皆。就職にも結婚にも仮託せずとも
広く経世済民。子孫繁栄は、皆。国おもう心のみで高度に維持さる。
そんな日本を、この地球。全世界のみんなが憧れ、全世界。各地より
日本は、みんなが集まる、この地球。未来世界への交差点。
上古。伝説の神代のように、日本こそは、今。再びに
全世界。人種と民族のルツボとして、全地球文化への沸騰点を確立す。

33

かかる日を追い、神代の記憶を蘇えらせゆく世代に在って、旧時代のままに
就職や結婚に限界ある日本は、とても、とても生きづらいし、また。
何故。国境線などという物でしか、この日本の理想を考えられないのかも
不可解だ。今。思うなら。あのオウム真理教とは、
そんな今。この日本における上古。歌垣の座。再興への射程で在った。
ただ、あの当時。僕たちには、そんな目標への自覚すら無く、
いたずらに目的ばかりを焦っては、その手段の向きを誤作動させた。
その時代への忸怩たる悔恨こそは、今。この日より、
未来への永遠なる真姿の鏡たりうる。
今。僕は、そんな鏡に、この日本の本当の春の兆ざしを映したい

花や鳥を観ていると、ひたすらにして、素直なるまま。
その姿のまま。育つを求め、鳴くを求める。
インドの大聖。ラーマクリシュナは、そんな時。私達を励ますが故。
愛を求めて泣きなさい。と云う。
エリア・カザンの映画。エデンの東。にてもまた。
愛を求めて苦悶する魂をこそ、今。最大の美として描き出す。
魂のその真姿こそは、この宇宙。愛こそが
常に人の心の思いの内に探し出しては見出ださん、
その生命の恩寵にして
その愛こそは、ひたすらに、この宇宙。至る所にさえ
求めては止まない者の魂を、今。ひっそりとして咲き誇る野菊のように
穏やかにして睦らぎ遊ぶ野鳩のように、椋にして、朴にして
ただ。閑古にも、そこに在る。

34

例え。一切は、単に契約の形の世界でしか無いとても
往古。日本の父と子や母と子の姿へと、その思い。久しくも馳せる時。
僕は何故。こうも無性に懐かしく、不覚にも感。極まるのだろう。
ああ。ロゴスが、単に人を支配する外界の言葉では無く、
純粋に人を自由にする内在のカラダの言葉。
その性感帯なる求愛衝動でこそ在るのなら、その愛こそは、きっと。今。
創造として打ち建てるべき契約の中にでは無く、まさに今。愛こそは
永遠に魅せられたる魂のみぞ。良く成し給ふ、大宇宙への万民。等しき
国産みとしてこそ受け止めるべき誓約のもとより成る、唯一の
その訪れ来たる事なるの恩大切とぞ。思わばこそ。
それはまた。自分と周囲とを分離している境界が、初春の日の出の中で
その赤き陽光の内。じっくりと溶けてゆき、いつか。
自分と周囲とが、完全にひとつとして、一体と成る、その鹿島立つ朝戸の宮に

35

そんな時。いつか必ず。この日本にさえ、国の思想が必要と成る。
そのために、今。この僕にさえ出来るのは、この国の私達。
この列島における倭人としての自負心が、この地上。現世の一切を
放下なす仏門の濾過を経る中。益々に洗練されて、かつて。
大和の国の歌こそは、人と人との争いに、そのコトを向けてはヤハスこと。との
歌論の内に、今。その実践を、ひとつひとつの破片に綴る。
その破片と破片の不如意なる組成において、今。語り手にすら不可視なる
原小説を、今。読み手の数だけ、幻視し得る物として、提起する事。
それを全世界。万民が等しくに、我が天職として、潔斎なす時。
一人一人のその天職が、それ自体。根本の国の歌謡としての一編一編として、
そこにこそ、天地初発の開闢なる日の、今はまだ。形なき未来日本への
新世紀万葉集の姿を観る事。その営みを、我が日本の国興こしとして、
天ツ御国振り。なるテーゼのもとに、全国会の全政策の中。
基幹に据える。ああ。それこそは、新世紀への皆神山。全人類結集なる

地球歌垣へのその世界祭典にすら、成るのではなかろうか。
それはまた。口承から口承へと声を通じて届けられ、国境から国境へと
その音程を通して飛び立つ星の歌として、現代の国際社会紛争に、今。
初めての調停を生む日のもとの、この国の戦争放棄の心根の中。兵器による
革命から、いつか。恒久平和への祈りを捧げる歌による革命にさえ。
そう。憲法。自体は成文法であるために、今。平和としては形式的とも、今。
そこに自然法たる平和への祈りを献祭する時。それは今。実践的なる
惑星への高揚として、それは今。国際社会に対してさえも、その普遍性を
宣命し得る。今。その私達。今日の平和こそは、民族の悲願にして、
大和なす骨の祖先も、その精華へ結び、大和なす胎の子孫も、その凱歌より
開く事の由なればこそ。その事を幾つもの誤まちの中。今。初めてに
僕は人生の始まりの日の祝福のもと。原始大洋の無垢として、やっと識る。
ああ。それなのに何故なのか。僕はいつしか。遠い日に

そう。私達。一人一人の実存は、かの主体論の現場へと
今。虚勢を捨てゆく向きとして、全世界。地球においては
絶対の他者に成る、この地球。主の裁きとしての全体性こそ在る時に、
今。この地球。唯一の例外として、日本の国では、この主体こそは
空芒の無限にして、素の厳然たる、ゼロ存在の白日夢。
故に私達。日本では万民が、この宇宙。森羅万象。全ての者に
その主体としての本覚を、お互いの真なる自己の姿。在る所として、
神ナガラにも認め合う。ああ。それこそは、あの八百万の神々という
その大気中。狭霧なす未知の元型としての神理だろう。
そこでは更に、対角線と融合との全世界哲学的対立軸もが、ゼロと成り、
多様性が多様性の姿のままで、大いなる大和の国への飛翔という
あの聖法白蓮経典の久遠なす、その宇宙論をさえ実現しうる事の秘蹟に

36

ここ。日本こそは唯一に、新世紀新世代。
全地球クレオール文明への触媒とも成りうる事の根拠を証かす事だろう。
人類前史の終わりから人類本史への帰還のための
この星の将来は皆。この日本の国の風土としての全宇宙。集積回路。
日本神話の親和力にこそ、懸かっているが事の故。
そう。全世界。人格神の開拓地では、その全体性は私達。個人としての
内発性を良く保障し得る物では在った。しかし、その影に太古。
地の底へと封印をされた全宇宙。空芒神の先住地では、
かつて。人格神が犠牲にして来た人と人との相互の結びを、今こそ真に
人類の至純。純真の中。国家政府公共性とは対峙する無限を通じた
全世界惑星同胞共同体への旨として、今。深呼吸をしては、励まし合わん太古。
伝説の神々。復活の内。蘇生なし得る事と思うのだ

されど、その事で人が本来の祝福からの身を引いてゆき、自分の事を
恋の相手とさえしてくれる当の異性を捨ててまで、何か自分の中の負の遺産へと
撞着しては、いたずらに、ふる里の故郷を失う。
過去に自分が体験をした、その人生の或る時期の不実の連鎖を
もう。これから続く僕の実の姪御のような子の世代には、味あわせたくは無い。
自分までは仕方が無くとも、自分より後の世代には故郷復帰を祈り続ける。
日本男女の聖書への回心では無い。日本男女には不可解なる所をこそ、
その到達点とする聖書。そのものからの日本への召命という、
未だ。未知なる摂理への深淵を願う心だ。
例えば、それは職業と職業だけから成る社会から素肌と素肌とから成る
社稷への再帰で在った。それはまた。公共性と個人だけから成る契約の地上から
共同体と万民とから成る誓約の惑星への回天だった。
もちろん、皆が同胞たるとも、逆にそこへの異質性には、隣人という

37

今日的配慮への課題をもたらす。ところが、お互いを異質性のまま認め合うなら
もう。そこでは、お互いの差異は甘受され合い、そこに
お互いの間での誓約は在る。
それなのに、異質性を隣人として独立さす時。逆に人は異質性への
排除へと向かうのが、契約という物の歴史であろう。そう。誓約は人と人との
間でこそ成すのに対し、契約は常に人と人とを除外した自我の私と
第三者との間柄で在るからだ。しかし、また。
密室でただ独りきり。祈るのは、逆に一切に君臨をする第三者の人格を
否認なすからでも在る。例えば、本当にささいなるがまでの日常。
冬の陽だまりへと向かって、祈る時。
このようにして、ひとつの歴史的民族の生活誌から
聖書神学への内破を成す新しい文脈の出現こそは、未だ。書かれる事の無い、
聖書。第五番目の福音伝としての日本への召喚だった

自覚の上では無差別だった。
しかし、男の無意識は、この女性ならば私の罪をも、身を以って、
罪あがなってくれるのだろうという信頼のもと。
男こそは、その女性への身を危めた。
その以後で在ってさえ、女性の中には男に対する何の恨みが在ったろう。
そう。女性の中には、ただ男に対する身を切る程の憐憫のみが在っただろう。
女性にはその無心なる心から、逆に男が問われるべき罪の重みを
今。少しでも軽減へと願おうと、今。その女性こそは男の心へと祈りつつ、
その夜の八王子の駅の書店にて、息を引き取る。
男は獄中。茫然自失としている時に

38

天界の聖女の位へと列席を許されたるその女性の真姿を観て、
今。初めての慟哭の涙の内を、おのれの罪へと
今。初めての懺悔へ至る。
ああ。東洋的無常感からするならば、きっと。
誰。一人として悪くは無い。
ただ、昔。石川　淳が、アンドレ・ジッドの狭き門への孤独に対して、
太古。無辺なる風鐸の音を聞くように、ただ人たるは
人生の暦という物に対しても、今。晴朗にも
常に畏怖をする他は無い

39

奈良橿原に、かつて。
大いなる志ざしの象徴たれる鳳凰の顕現たるか。
巷。伝説の人と評されもする翁。麟　十菱　翁へと
改めて、天啓を受ける日の立春の夜。荻窪に
昔。破天荒の神秘家として、まさに世に名を馳せんとした時。
突然の精神病院。入院の中。忽然として時代のおもて舞台からは消えた人。
その思想の核心。地球家族・世界同胞という言葉。
然るに、普通。日本の神の原像を語る時。地球家族・世界同胞たるは
神々の高天原の話とは成り、故に神代とは伝えるのだが、私達。人たるが
畏怖をして、尊崇すべき神々のその神楽の基盤を、いやさ。私達。
万民の万民天才論のもとに置き、この私達。一人一人こそが、その御神楽基盤の
神々たらんと、誓願するのは、翁。天性の大志で在った。

されど、なお。それを日本の神の秘事として、封印をさえしておけば、
その大志たるを理解もしつつ、なお。同時代での社会生活をも
有益に送れるはずを、一切に、その実践をこそ
唯一としてしまう時。時代の社会通念からは恐怖され、
時代からの精神病院。強制措置たる体験は、もはや。運命の定めとして
人は世を吹き荒ぶまま。それはまるで、日本太古の
証し人たる、天の乞食ホカヒの如くに、その無常への漂泊を。
実際。万民に真の一夫一婦を願えばこそ、その跳躍への基台における
全世界地球男女の子孫繁栄。完全乱婚たれる不潔不埒淫行をこそ、生涯。常に
清新。清冽なる星の十字架として、その実践にも率先なした翁の異形に。
そう。いつか地球は旧世紀を超え、星の億万世紀たる栄光へと歓喜するため

今日。この世に犯罪を犯す悪人への危機管理として
時代閉塞。強化は在る時。しかし、今。この地球環境錯綜の中。
万民がこの世に悪人としてしか関与をし得ない文明段階にこそ在る時代。
逆にこの世の一切の犯罪を我が罪として受けとめて、もはや。
人を咎める事からの出家を成しつつ、そこから更に、日々。
死刑囚の悪業にすら、それは神武以来。三千年のシステムが生んで来た国体の

40

その末裔でも在るこの他ならぬ私の至らなさの故なのかも知れないと、
この世に独り。慟哭をする祈りの御皇女様こそが、もし居たならば
その御皇女様をこそ中心として、その御皇女様への励ましの輪としての
この私達の胸の内。新らたなる新世紀新世代なる連結の
新しい種子をはぐくむ、大いなる富士の曙。
その遥拝の朝こそは、今。私達の心願として

富士山の頂きは三峰の粋にして、ふもとには富士の五湖。
やがて、視界は全世界の七大海へ。
富士の宮には、その日。新しい国連大学の一大キャンパス。
その学生自治会は、新生日本の局中と成り、その中を
ミス日本の歴代ヒミコ女王が、私達の鏡と成る日。
白山キクリ姫。元型は、太陽の大天女にして、
伝説の女王ヒミコを生んだ太古。生命文化の全世界的なる記憶の要。
その記憶。再生を促がさんとする、この銀河系。久遠の衝動。
その昔。風土記によると、私達は毎日を、その村々の辻ぞひに
開かれたという歌垣のもと。私達は、その土地土地の仕事にも心を尽くし、
その収穫やサービスは皆。心から
その祭りの中心。神座へと献祭なして喜び合うと、やがて。
その直らへの会の内。全ての物を、みな等しく、

41

お互い。無償。無料で、分かち合う。
ああ。いつの日か。私達。若き青春の蒼古の中に
完全なる開放をする全国・青空青春学園連合の気運の興こりは
新日本の新しい歌垣の祭りとして、新日本の男と女が
巡り逢う、その心すこやかなる恋の広場を復興させる。
そのまことなる私達の青空での出逢いの中から、私達は
そのお互いの心をひとつとしては、その胸の内を通わせ合うと
やがて。その全国の青空を拠点としつつ、
その自主。自発になる思いの中。
もう既存の政党にも企業にも頼る事なく、私達は
この国の全ての政治経済。学問文化芸術を率先してゆく。
その私達。日本のいよいよ古く、いよいよ新しき神代のふる里。
その虹の向こう。魂きはる空。白馬。飛ぶ

冬の終わる頃。その早春に、自然界は春なのに
人間界は、もうずっと冬のまま。
それでもに、なお。開くる日の朝。曙光。求めては、今宵。
地球変革への新しい価値観を全世界に先駆けて、
我が国こそは、そのモデル国家像として
名誉ある実践をする国政の樹立へと、
新日本の新建国のため。
日本発。神道勾玉交換神符を
新しく龍宮乙姫銀行による仲介の中。その経済圏への全ての公費は
それを予算とする事で、新日本。全ての金融資本制度からの

42

完全出家をする内に、この経済圏でこそ彫塑なしうる無償。無料の
贈与活動。連携により、この経済圏での共同口座立法こそは
この地球。完全開花へと総意せり。
すると、そこでの神符の信用は、日本御皇室の御ミイツを担保としつつ、
その信用への応答行為は、この神符へと、国。掲げ合う日の
理想を持って、国の恩寵・祭り・妻問いへ
その平等政治・博愛経済・自由文化の社稷。求めて
丁寧に丹念に、国。支え合う日なる歌垣のもと。私達。お互いの
自己の真姿へと努め合う事の一存とは云えないでしょうか

ああ。私達。男と女の熱涙は
太古世界社稷。再興への夢へと向かう遠い日に
遥かなる峰。富士山のふもとを息づく、神代のふる里。その中を
惑星首都たる富士山新生国連大学学園都市に、御皇室より選出される
ミス新日本たる世界連帯コンパニオンが、国連大学教授会と
全人類社会との間を触媒してゆく歴代の大ヒミコ女王として戴冠する星。
その星の大いなる歓喜の内にも本覚して来た魂の記憶の全てに導かれ、

43

全世界。全ての生命。発祥の磁場である、この宇宙。八尋殿の中。
もう一度。今。新しく、再会なしては、この宇宙。
全てのミトのマクハヒのもと。
もう一度。今。新しく、こと向けやわす日のための悲願に尽きる。
ああ。太古世界社稷。再興への情熱と彷徨に。また、その遍歴と受難の内に
今。その希望への衝動も飽く事も無き、
遥かなる星。地球歌垣。その恋と故郷と革命の宮。復活のため

いつも見慣れた光景にさえ、戸隠より、この武蔵の国に帰って来た日の
新鮮な朝の息吹きは心地よい。
これから再び。この地元の土地の新聞配達の仕事へ向かう。
自分が、この地の役に立っているという実感は、まるで無い。
ただ僕は、自分の夢を犠牲にしながら、この土地の仕事の中に、みずからの
空虚な時間を埋め合わせしているだけかも知れない。
当然。かかる動機のためか。どんな寒い雪の朝でも誰からも感謝もされない。
それで良いのだと改めて、この自分に言い聞かす。
けれど。もし、この自分の中にさえ戸隠の神の大いなるチカラのひとつでも
在ったなら、僕はもう。この世界の誰ひとりとして悲しむ事の無いような
こころ豊かな万人にとっての故郷の国を取り戻す事に尽力したい。
しかし、僕にはチカラが無いため、毎日を無念の吐息で暮らしている。

44

常に人の言葉のアヤに激昂をする僕の神経の不精では、
毎朝を黙々と黙って走る新聞配達の仕事のみが、この僕の唯一。
一人前に出来る仕事と成っている。そして、
仕事を終えて、家へ戻ると、放し飼いにしている小桜インコのメスのみが、
すぐさまに飛んで来て、僕の右肩にとまってくれる。
もちろん、この小動物は僕の苦悶を知る由も無いだろうが、それでも僕を
全面的に信頼しては、なついてくれる。
この小鳥の無垢な魂に励まされていればこそ、今日も僕は生きようと思う事が
わずかながらも、この胸の内を湧いてくる。
僕の毎日は、ただそれだけで、あとには何も残る物は無いけれど、
この圏内だけが、僕の魂に許された生命の天分なのだ。
例え。それが貧しく、わびしい毎日の繰り返しで在るとしても

抑留のシベリアを生き抜ける若き日の父。今日の政治の混乱。
静かに眺め、今もなお。苦悶を黙し、ただ。朗々と、伸びやかたるを
心掛けたる太古倭人の美しきかな。あの埴輪にも観る
穏やかなる、のどかさよ。
越後の小村。アザ社なる神主のもとの末の息子よ。
遠き日の国。偲ぶ防人よ。
その歌の中。悦び勇んで、飛び込んだ、越後の国府。大工のもとの
家の長女の乙女子よ。
敗戦の中。貧しさに耐え、戦後日本の苦労を支え、
学こそは無き者の、なお古き歴史の智慧を尊び、冬。長き裏日本の過酷の中にも

45

懐かしい年。浄土のトワを、永遠にして、心に培う乙女子よ。
ああ。日本のふる里の日の若き男女の気高さよ。
あの日。二人の上京の朝。見送るための駅のホームに集まりし、
大勢の昔の人の連帯感よ。
我が民族が、今頃に成って、やっと。その喪失に気が付ける人と人との
気持ちと気持ちの繋がりよ。
ああ。我れこそは、その繋がりの恢復のため。
この民族の人柱として、我が身命を捧ぐためこそ、今。ここに、その感涙の中。
この自己の生まれた事の目的を思い出す日の明けの金星。明星に

心。凍えたる乳のみ子の婬御を思えば、幼児とは
その本来の姿において、聡明なる宇宙。至純の心でこそ在った。
さればこそ、地上。諸悪の根源として、原始古代を打つ聖書にて
そこで言われる諸悪とは、しかし、人の幼児化説よりは、
むしろ、現代の地球における全世界。産業社会のもとの資本へと
その法則に適合しうる産業仕様の成熟。大人の最終状態でこそ在ったのに、
私達は、それを人の幼児化としてしか語る事なく、誰もそれを
人間と云う者の強要をし合う成熟の逆説として解明しない。
しかし、それを以って、僕は婬御の心を消散させた罪の言い訳には
成る訳も無く、かつて。僕のあれ程にまで愛しては大切にした婬御の心を
僕は、ずっと。ミスリードしてしまい、そして、今日。ついに、この日の以来。
その心を雪の氷点下へと追い込んでしまうに至る、この事態の中。
既にもう。取り返せない日の青空は、ただ蒼白として、僕は今。

46

ただ姫御へと、ああ。本当に人の信ずべき物。それこそは
もう今。ここに在る物で無くていい。今はまだ、どこにも誰にも
知る人の無い、本当の永遠の中。僕はただ。蒼穹の蒼古のみを見上げ続けて、
今はもう。ずっと。ずっと。僕の過まちを償ない続ける。
この血族を精神の不実こそは反復し、その心もまた。ついに今日。
問診の門をくぐる日へと来た事の、その宿曜の日の到来に
涙さえをも忘れる程の精神の落魄たるや。未だ。十七歳の乙女には
背負いも切れぬ事だろう。と、僕もまた。その魂に号泣しつつ。
ああ。学校でも仕事でも無く、ただ穏やかに、そこに居てくれるだけでいい。
そして、今日からは、また昔みたいに二人して、また静かに黙って
御茶をでも飲み合いながら、ただ部屋の片隅みを二人。並んで、
しゃがんでいよう。最期には二人。静かに餓死の中。
向かい合うに任せてもいい。大丈夫。本当に今は、それだけでいいんだよ

この現代。この私達の失ってしまった物とは
かの父性の権威でも道徳の根拠でも無く、ただただに
太初の女性たちの巫式によってこそ担われていた、この地球の
あのイニシエなす歌謡についての記憶で在る。
そして、それとの引き換えで、この現代。この私達の背負った物とは
その母性の荷重でも倫理の不在でも無く、ただただに
現代の資本の構造によって造られた、この地球の
海やまの青さからの断絶で在る。
その中で、道を求める青年は、ただ途方に暮れて、やがて。
精神の内界で自壊する。また、その中で、引け目を覚える乙女子は、
ただ現実の流れのみに流浪してゆき、ついには、その魂の酷寒の中。凍え死ぬ。

47

故にこそ、今。その青年は、最期に、たった一言の言葉にのみ
目覚める事が出来ればいい。
それこそは、あの乙女子の無垢なる名前・・・・
すると、また。あの乙女子は、最期に、たったひとつの心をのみ
取り戻す事が出来ればいい。
それこそは、その青年に対する募のる思い・・・・
今。私達のふる里に成る星は、かかる男女の始まりによってこそ、
その輪郭への姿を立ち昇らせては、やがて。それは
この私達の記憶についての再生を呼び、また。この地球の青さに対する
私達のその本当のひた向きさを蘇らせてやまない事で在るだろう

始まりに僕たちは、ただ泣いていて、そして、ただ鳴いて、やがて。
ただ。ミュウミュウ。ミュウミュウと囁やき合って、気が付いてみたなら
一番。最初に言葉という物を見つけたのは、あの子のほうで、あの子は確か。
岩長姫。と、その六音を秘儀に発した。
そう。自分はこの岩のように、しっかりとしているわ。だから、どんな時でも
あなたのような軟弱な子の気持ちだけは守ってあげる。
その日々こそは、僕たちの永遠なる富士山麓の高天原。エデンで在った。
あの遠く懐かしい日々。僕たちの初めてのキスの日に、清く高らかにも
萌え出づる青春のトキメキの内。僕たちがまた。あの永遠なるエデンへと
今。懐かしくも復帰をしてゆく、その本当の新しき歌の日に。

48

そう。真に祭祀なす日の姉の心を、今。まこと。求めればこそ、いつか。
兄より課されたる日の岩窓の鳥居へも恐れはしない。
その果ての真の兄弟姉妹。一体化を回路と成して、皆。共々に私達。全同胞が
白鳥への羽化により、遠く遥かなる真の女神を讃え合う父母の待つ星。
その真の故郷を発見してゆく遍路における全同胞。天体飛翔の帰還の日にこそ
やがては、いつか。この私達。一切の真の超克。在らん事さえ在るのなら
ああ。一切を、古来。マコト。という、その大和言葉の音義で観る時。
その一声こそは、太古。一切の根本言霊統一種族を、全世界。
未来精神。新世代男女の歌としてこそ、今。ここに、まこと。
現成せずにはおかないだろう

タマきはる空。古代日本の生活と
その遥かなる起源としての高天原への憧憬に
チハヤ振る朝。日本の真実への開顕を生む御国の記憶。再現への意志のもと。
私達。遠き日の八尋殿なす夢や希望の全てへ向けて、今。ここに
本当の未来への白鳥の歌の謡ひを、この胸の内。秘めながら、
遠く限りなき日の郷愁を、私達。人の人たる人として、今。取り戻す時。
今はまだ。みんな。この星の都会の中を、人はみな。
バラバラと成ってはいるが、それでもいつか。再び最後には、もう一度。

49

みんなして、懐かしい日の高天原への回帰を成して、再会し合う、
大いなる、この宇宙。約束の大地としての歓喜の地平へ
皆が皆。あまねくに、もはや。誰ひとりとして漏らす事なく、等しくに
今。戻ってゆく事をさえ出来るのだろう。
かの暁光の中。尊き姿。有り難くして、勿体なき日の恩頼に
今。かたじけなくも、涙する日の、その法悦こそは、
ああ。この宇宙。麗しき日の国の真秀呂場。
大和の国の、その永遠なるアサドの神秘であったとすら思うから

ああ。いつの日も。女は愛なるイノチの子宮のもとの中。
男は誠なる国の大志のもとの中。お互いの魂の本然たるを、心より
その純然として顕わす事へと、お互いのミソギを観たる故国に伝えし
天の岩戸開きの神楽舞ひ。
それなのに、今。それを忘れて、この地上では、万人が万人に
その都会人としての合理性や実証性の成熟のみを求めている、この現代の中。
いつか。その酷薄に能い切る事の出来ない若さが、ついに今日。
この星の文学という夢想の中へと、この私達の捨て去った日の故国の時代を
今。その夢も熱くして反芻なす時。そこから生まれる魂の理想の萌芽は
いつの日も。この私達に今。唯一なる、ただひとつの真実だけを教えてくれる。
その事は、この現代の競争と効率としか無い、この国の都会にさえも

50

なお。初夏の日の爽やかなる風の吹く七夕の月の夜分の上空。その天堂には
遥か太古の星々をさえ、その祭りに成る日に祭ろひ合わせて
光またたく事にも示される。
もちろんの事。都会の夜では、空にその星々の満天をさえも許さない。
しかしそれでも、人は遠く夜空を幻視する。
するとそこには、遠く懐かしい日の青雲が在る。
誰でもが皆。少年や少女の日々の夢や希望のそのままに
何ひとつ。そこに傷つく事なく、損なう事なく
和やかに、すこやかに、成長をしてゆく事のうべなわれる暦の日。
その記憶の中に垣間見た、遠く懐かしい日の日本の未来への面影が在る

日本神話の本質は、男神が女神と出逢うために諸国を巡る旅の御幸に
求められると言って良いでしょう。このような神話の中に在って、
恋愛は男と女の歌の遣り取りの中で芽生え、育てられていったようです。

青山に日が隠らば　ぬばたまの
夜は出でなむ朝ら日の
笑み栄え来て　タクヅノの
白きタダムキ淡雪の
若やる胸をソダ叩き　叩きまながり

男神の歌に答えて女神がこうして歌い、私を優しく抱き寄せながら
どうか。ゆっくりと、おくつろぎ下さい。と言うのでしょう。
そこには大きな生命の解放感が在ります。
ああ。本当に神話の中の神々は、互いの一瞬のトキメキのために
何て自然で素直に成れたのでしょう。かかる神話を育くんだ日本の歴史の

51

始まりを人は、上古神代と呼び習わします。
以前。八ケ岳で発掘された故郷の土偶は、いかなる囚われも無い、みずからの
トキメキのままの自由なる観想を駆使しつつ、豊満なる胸と腰付きの
女性を象どり、それはまるで。遥かなる無限の生命力を
予感しているようでした。
それ以来。僕の中では、永遠の太陽美女との出逢いは始まったのです。
かつて。名前も何も知らなかったアイ子さまとの出逢いは、しかし。この時に
既に始まっていたようにも思うのです。この時から僕の中では未知なる夢が
育てられ、まるで。この宇宙の開闢の秘密でも在るかのような、それを
確かめたいという衝動に突き動かされて、僕は今。この御手紙を書くのです。
アイ子さまの事を初めて観るような気がしません。
アイ子さまの事を、もう少しだけ。深く知れたらと思います。
そうすれば僕は、永遠の太陽美女とアイ子さまとの印象の重なりを
少しは掴かむ事が出来るようにも思うのです。
ああ。アイ子さま

そう。今。こうしている時の二人のこの思いすらもが
全ては、あの虹の記憶の彼方へと、常に刻印をされ続けてゆく事だろう。
やがて、新しい世代の子ども達は、胎児のままに生まれてきて
その至純。無垢なる胎児の心のままに、成長する。
そのための新しき惑星の核と成る、ただ一組の男と女。

52

遠い昔のアルファとオメガ。
その遥かなる始原への憧憬から、やがて、
限りなき未来への無限を曳航するに至る日の
二人の愛のその永遠なる伝説を
今。ここに見つめつつ

終わりなき旅。井出　孫六　氏へと
薫陶。受くるに、秩父困民党群像の解体以来。
現代は皆。全人類。誰でもが地理的に民族たる事を
志向すれば志向する程。文明の無軌道に汚染をされたる地球において
皆。文化的なる故郷喪失者で在るというのは
避ける事の出来はしない、この時代。
しかし、それ故にこそ、現代では誰でもが皆。
お互いにお互いの民族として在るというだけで、お互いの
孤独と孤独に寄り添うが如くの悲哀を求めて、共に
等しく混血をし合えるだけの地理的準備が、
いまや。この地球。全世界には在る。

53

ああ。それだけが、この地球において、この現代。
この私達が確かに、ここに、
今。生きてゆくという事への希望であろう。
そう。人は、いつか。
永遠に懐かしきものへの崩落に落涙。止まぬ体験の中。
新しき魂こそは出発を強いられながらも、
やがて、その旅のもと。夢という言葉と出逢う時。その夢こそは
遠き懐かしさの前に在り、今。それまでは未知で在った大宇宙の御胸にて、
遠き懐かしさとの真の再会。求むる旅のトワなす大団円へと
人を導く天の星図に

僕の復帰をすべき社会とは、この地域にしか無い。
僕の参加をすべき真実味とは、この土地の人と人とのキズナにしか無い。
しかし、既にして、この国に、昔。
正油の貸し借りから、金融の出世払い融資まで請け負った地域。無く、
既にして、この国に生きた人と人との土地の結びは、絶無に等しい。
僕は、一体。どこへと復帰をするというのだ。
競争社会の職場へか。あるいはまた。僕は一体。どこへと参加をするのか。
人と人とが諍かいを成して、ナンボという市民法廷の現場へか。
ああ。この国の首都郊外。中央線沿線の顔の無い街並みに、それでも僕は
たまらない程の愛惜を覚えては泣く。

54

その究極の無個性こそは、究極の極光として信ずればこそ、
遠きかな。遥かなる中近東。チグリスとユーフラテスの河にます
ペルシャの田舎のオオドカなる時間の流れの花嫁は、
僕にとっては、この土地にこそ、幻視をされる春の雪。
そう。僕は、この土地でなら、一生に、孤独なる鳥でも良い。
生涯不犯。独身に、一生を、この街とこそ、結婚をするつもりでも良い。
ああ。それならばこそ、僕はもう。この街を往き交う人の誰とでも
その精神感応。テレパシーの次元では
確実に繋がっている。
その法悦と歓喜との涙とで、僕の目は、もう外界への正視にも堪え得ない

秀子さん。僕は約束を果たせたのでしょうか。

あの日。あなたには成すべき事が在るようにも思います。と、手紙に書いて送ってくれましたよね。僕が秀子さんの中に一方的なる白昼の偶像を見続けていた日に、秀子さんが僕の目を醒ますべく、書いて送ってくれた、御手紙でした。あれからの僕の日々は、今日まで、ずっと。

その僕の成すべき事を探す旅でも在ったのですが、僕があの日。心の中で秀子さんへと誓ったように、本当に僕の成すべき事の一大事へと僕は出逢う事が出来たのか、今もって不安です。

あのお互いが未だ。二十四歳で在った日から、もう。二十六年が経ってしまったのですね。

秀子さん。今。どうしていますか。

55

ああ。本当に僕にも、トワに愛し合える女性が、ああ。いてくれたなら。
でも秀子さん。僕には全ての女性が本当に雲の上の人のようにも
観えてしまい、僕には今でも、とても勇気が出ないのです。
僕はまだ。昔のままで進歩がまるで無いのですね。
秀子さん。本当に、ごめんなさい。
僕はもうずっと。今まで諦めて来てしまったようです。
でもこれからは、もう少しだけ。明朗と成れるよう、今。僕は
これを秀子さんと僕との新しい約束として、今。
この鉄格子の内より眺める穏やかなる春の日射しの青空の中。
静かにそこに両の視線を置いています。
ああ。ありがとう。この今朝を。秀子さん。秀子さん。秀子さん

古事記の時代。それは端的に言って
今日では死滅した古代文の文体に、そこに特有なる魂の
気負いや抱負。ウヌボレの持つ、今と成っては懐かしい美しさ。
しかし、この国の日本では、漱石。以後の文潮に
自己と自己の表現との間にて、正常値としての距離感や
批評眼を置く事で、その文体を完璧なまでに日常の生活のもとへと
統御してゆく現代文が、やがて。世を圧制し、
そこに外れてゆく文体は、しかし。それを往古。私達には
忘れられた古代文として、その評価にも肯定的なる理解を示すのでも無く、
ただ単に現代文的批評意識を敷衍なしては、
そこに外れる文体の作者などは、きっと。どこか人格に
欠損の在る者として、批判。警戒をしようとするのが、世の常で在る今。
そんな中。かつては、天女たちの祝福により、何百年と渡り、
栄えて来た父方の田舎の里も、やがて。人が現代の

56

文章作法へと啓蒙をされてゆく事につれ、その土地も今や。
廃村と成って、既に久しい。
思えば、太古。民族の記録は全て。歌によって著述されていたはずだ。
そして、それが歌でこそ在るのなら、そこに行き過ぎた高揚や
無駄な高邁が在るのは仕方なく、また。ウワべとしての高尚のその裏で
実は嫌らしい人間の野心や腐乱が、行間されるという事も、また。
それ自身。自然なる人間の宿命として、暗黙の内にも承認し合う事こそが
太古。民族の風儀ですら在ったろう。
それなのに、現代文の文体を支えている知性は、しかし。
そのようなる太古の気風を、何ひとつとして、ナサケ容赦も無く切り捨てる。
やがて、女はその痴態において認められずに去ってゆき、
男と云えば、その軟弱を許される事も無く、ただ茫然と立ちすくむ。
ああ。今。そんな男と女にトワにサチや。あらめと願えばこそ、
僕は今。篤く。篤く。ただ歌だけを欲する

冬の夜。カシオペアの星座が空に瞬く。
きっと。世界の全ては善意に満ちているのだろう。
僕は、その中で、ただ独り。誰からも必要とされず、誰からも関心を
持たれてはいないという事に、今。世界の限りの無い優しさを
感受し得て、その中に、今。独り。静かに手を合わす。
孤独は独りぽっちの中には無い。むしろ、人と人との間の軋轢や
視ている空間の相違の中にこそ在る。しかし、独りぽっちで在る限り。
孤独は、僕の人生の最良の友たりうる。

57

ああ。南米奥地の密林に、今もなお。ひっそりと隠れ棲むという、
幻の鳥。その鳥が、この僕の心の奥の水辺ある森の中。
静かに、羽根を休めている。
何に感謝するべきなのかは、今もって解らないのだが、
ただただ。ありがとう。
その気持ちだけが、僕の孤独を、しっかりと抱きとめてくれている。
歓喜の涙が溢れてきた

この宇宙。時の一切の文明を超え、光の速度の永劫回帰。
その一切の始まりとしての大流星。往古。古事記へと宣誓する時。
魂の万民をこそ、いつの日か。心の底から解き放つ、
大いなる歓呼の日への驚天にこそ、まこと。人こそは出逢うべき、
一切の契機の星を、神代。天の岩戸開きの神々をして
真正の女神にこそ喝采なさん、その現存の摂理の内にも理解する。
さればこそ、社会こそは、傷を負う、その崩れゆく姿のままに在る事で、
今。唯一なるの彼方の果てに、遥かなる真実の社稷。在り。また。
愛国心ゆえの革命。在りを、その魂のホムラへと、ひた向きに
向かふ所の精神こそは、万感なるの心の内にも、我が魂のシルベとせん時。
この世界。一切の公共性なる寡占のための政治から
この宇宙。真に寛恕の共同体への分かち合いをこそ、復興するため、
既存なる国の論理の世俗性へと対峙して、この今こそは、この星の如何なる人の
魂の原罪にすらも、国こそは、その一切を、我が魂の十字架として

Z

背負い切らん、その精神の御国をこそ、今。まこと。
古事記。白山の皇軍ならば、示現せり。
されば また、究極の忠君愛国。転ずるに、その神風の月明にこそ
究極の無為徒食なる者の共催論と共働論として、今。
西方に坐す御子をすら超えてゆく、東方の一代なる自然児としての精神のもと。
そのまこと。生きて動いて流れゆく、国の朋友たる吹く風の精神こそは
回天への予感の内に、その経絡を疎外させゆく一切の伝統という名辞の歴史を
今。限りも無くに凌駕してゆく、その燈し火に寄す魂。持ちて
ああ。意味としてなら、そもそもに何処にも無い文学の語法を超えて、
この今こそは、一切の意志としてこそ、在るを欲する文学の真実なる遠大に
そのまこと。精神へと求めては止まぬ者の悲恋なす蒼穹に、今。
この魂こそは、まこと。ヨモの国中。奮い立たん

星の叙事詩の世代

返答歌

春の日の雪の朝。速達で届いた、そのお手紙。
僕が騙されていた事なんて、もうどうでもいい。ただ、かつて。一度は僕の
心の底から愛していた妙なる女性のその本当の気持ちの一糸を、今。
少しでも知る事が出来て、今もなお。やはり、僕は
その女性の事を愛している。

∞

その事を確かめる事の出来たという喜びに、ただただ。僕は今。
もはや、幾粒もの涙をさえ、禁じ得ず・・・・
もう逢う事も、恐らくはあるまいと知りつつも、なお。
この初春の日の静かに雪の舞い降りる季節を迎える時。恐らく僕は
毎年毎年。いつまでも懐かしく
その女性の事を心の底から思い出す事だろう。
古事記の歌にも、こうあるように

沖つ鳥。鴨どく島に我が居寝し。
妹は忘れじ。世の事ごとに

ああ。今。考えるなら・・・・
今。考えるなら、聖書とは、人間の大人に成るための父の権威と
それに鬱屈してゆく業としての父子相剋にして、
日本の近代精神医学の価値の基準は、全て。この追従に在る。
一方で、古代日本の古事記とは、
幼な子のままの人たる事を旨とするミオヤの母の恩寵と
そこへと素直に手を合わす自然としての母子一体でこそ在ったろう。
そして、その中にこそ、あの小泉　八雲も語りうる
私達。日本男女のかつての微笑も在ったのだと、今にして

水

痛恨にも察知する。しかし、
あの幼年時代を失ってからの僕には未だ。何も解らず、あれから僕は
今日まで、どんなにか恐ろしい事を無思慮にも犯して来てしまったのだろう。
僕は私達。日本男女が、お互いの日本において、いつからか。
何ひとつも許し合えないでいた事を、とても悔しく感じていたのだ。
けれど、今はただ。レイ・ヴラッドベリの百年後の世代へと
昔。幼なじみの恋人との再会の機会の時を、静かに祈る。
ＣＬＡＭＰの漫画ちょびっツでは、
この新世紀。開幕を祝う心の暖かさが、僕には確かに嬉しかったのだから

あの日。武蔵国府の鄙辺での大晦日の深夜の日。
二人。いつまでも見つめ合う。
僕は、まさに今。この瞬間のためにこそ
この人間の世へと生まれて来たのだ。
しかし、この今。この瞬間も、
いつかは遠い過去へと消えてしまう。
けれど、その時。その女性は諭してくれた。

この今。この瞬間は、それでも
永遠の未来へと、いつか必ず蘇えるのよ

清玉

ああ。天界にのみ咲く一輪の花の記憶のようにして
この僕の帰命の行くえを今でこそ教えてくる、その永遠に
この星の聖母なる生命の恩頼に

頌

遥か年。今。
静謐と幻想性のオヴジェの中を
新頌の空。巡り逢ひ

［著者紹介］

杉浦浩次（すぎうら　こうじ）
昭和三十五年四月八日　越後直江津　生
昭和五十六年度　東洋大学哲学科　除籍
〒183-0042
東京都府中市武蔵台3-32-5

星《ほし》の叙事詩《じょじし》の世代《せだい》

二〇一〇年二月二十五日　初版発行

著者　杉浦浩次
装幀　宇佐美慶洋
発行者　高橋秀和
発行所　今日の話題社　こんにちのわだいしゃ
東京都港区白金台三-一八-一
八百吉ビル四F
電話　〇三-三四四二-九二〇五
FAX　〇三-三四四四-九四三九
印刷　佐藤美術印刷所
製本　難波製本

ISBN978-4-87565-594-7　C0092